KB122974

77편, 이 시들은

김명수 시집

녹색평론사

목차

1부

2부

3부

4부

5부

1부

강1

나는 너에게 포함되었다
너는 영속하며 무관심하다
나는 나를 기억해 달라고 부탁하지 않는다
너는 추상이면서도 실체다
낯선 진실이다
너는 나를 규정하고 방관한다
너는 나와 대등할 수 있는가
그것은 바람이다
나는 너에게 아마도 네가 스스로 목을 축이는 하나의 물
그릇일 뿐
물그릇 속에 든 물도 아니다
너는 순수한 상상력이며 드문 믿음의 대상이다
우리는 서로 얼굴조차 모른다

강2

많은 얼굴들이
음성들이 있습니다
모습들이 있습니다
산과 집들과
거리와 그림자가 있습니다
당신의 발걸음을 찾아보세요
의복과 불빛과
나누었던 인사들
논밭 들판
햇살 어린 사원(寺院) 회당
제후 군주들
이슬 머금던 풀잎
봄과 가을
그리고 여름 겨울
이들의 현전(現前)
영유(領有)
그러나 보이지는 않습니다

음영조차
무엇을 작별하였나요
어째서 작별만을 떠올리나요
젊은 날의 우리 기쁨
옛 기억
먼 슬픔
묘지에서 별들까지
영원한 과거
영원한 미래
나는 다른 세상으로 건너고 있다

강 3

아기, 아기 네가 자라
아기야 네가 자라
아기야, 아기야 너도 자라
다섯 살이 되었구나
여덟 살이 되었구나
열두 살이 되었구나

엄마, 엄마
우리가 자라며
여기 뛰어놀아요

마티야스 여덟 살
이치로도 여덟 살
리아는 몇 살이니
열두 살이어요
열두 살이어요
준성이도 열한 살

인도 아이
콩고 소년
코발로프 러시아
모하메드 이라크 아이
맨디, 차베라, 레비 자마이카
나에게도 열두 살이 있었단다
별빛 아래 모였다네
달빛 아래 모였다네
함께 모였다네

강 4
— 우연을 바라보게

기수역 솔숲
돌보지 않는 무덤
금계국 피었다
해국들 여러 포기
이곳은 고요한데
고요함은 우연이다
쑥부쟁이 해국들
묘지조차 우연인가
가을바람 한줄기
성근 머리카락
흐트러지니
쑥부쟁이 보고 있는
지금 또한 우연인가
여느 바람 다시 불고
우연히 꽃들 피나
우연을 바라보게
우러러 바라보게

어느 누가 태어나고
우연히 다시 사나

강 5

모두가 스스로를 밝히는 것이다
햇빛이 아니고
등불이 아니다
몸이라면 몸이고
마음이면 마음이다
밖이며 겉이었다
겉이면서 밖이었다
해바라기 꽃이면서
달맞이꽃이란다
별꽃이며
초롱꽃
눈물 어린 가슴 하나
품어줄 수 있다면
스스로가 모두를 밝히는 것이다

강 6

나는 그 마을을 떠올릴 때마다 아기를 껴안은 엄마의 모습을 떠올립니다

엄마가 아기를 껴안으려고 활짝 벌린 두 팔은 그 마을을 감싸고 흐르는 앞내와 뒷내의 두 냇물처럼 여겨지고

엄마가 두 팔로 포근히 감싸고 있는 아기는 바로 아늑한 그 마을처럼 여겨졌으니까요

그러니까 그 마을은 두 냇물이 합쳐지는 가운데에 자리 잡고 있었답니다

마을은, 앞내와 뒷내의 두 냇물이 실어다준 비옥한 흙들이 쌓여 이룬 들판을 굽어보며, 포근한 산자락 아래에 자리 잡고 있었습니다

아침 해가 뜨면, 마을에서는 누구나 두 냇물이 하나로 합쳐 더 큰 물줄기를 이루며 남쪽으로 고요히 흘러가는 강물 위로 어리는 햇살을 볼 수 있었습니다

햇살은 두 냇물이 합쳐지는 합수목 앞 '용머리 산'에 부딪쳐 부서지면서 강물과 마을을 발그레한 복숭아꽃 빛으로 물들여 놓았지요

두 냇물이 합쳐지면 큰 냇물을 이루고, 큰 냇물은 흘러가서 또 큰 냇물과 합쳐져 강을 이루고, 강은 또 어디론가 끝없이 흘러가겠지요
그리고 냇물은 또 어디에서 흘러오는 걸까요
마을로 흘러드는 두 냇물 머리에는 크고 작은 산들이 이어져 있었습니다

"달그락 짤깍, 달그락 짤깍 ……"
베틀 소리가 들렸습니다

봄날 오전은 고요하기 그지없었고, 소년이 얹혀사는 집 뒤란에 막 연녹색 윤기가 짙어가는 잎사귀를 달고 있는 감나무에서

뽀오얀 감꽃이 하나씩 떨어져 내릴 때면
　마을 아낙네들이 베틀에 올라 베를 짜는 베틀 소리가 들
렸습니다

　— 베틀 놓세 베틀 놓세. 옥난간에 베틀 놓세.
　낮에 짜면 일광단이요. 밤에 짜면 월광단이라.
　용두머리 우는 양은 조그마한 외기러기.
　벗을 잃고 슬피 운다. 황새 같은 도투마리. —

　소년은 '백운정'에 갔다가 집으로 돌아오고 있었습니다
　'백운정'은 아이의 할아버지, 그 할아버지의 할아버지가
세운 정자였습니다
　정자는 소나무 언덕 숲속에 있었고, 정자에 올라가면 고
요히 흐르는 물줄기가 보였습니다

　소년의 할아버지, 할아버지의 할아버지는 옛날 나라에
서 벼슬을 하신 분이셨고, 그분의

아버지께서 그분이 어렸을 때 그분의 공부를 위해 지어
주신 정자였습니다 정자는 4백 년이나 나이를 먹었지만 아
직도 아름다웠습니다
　넓은 마루와 난간이 있고, 옛 어른들의 글씨를 새긴 현판
도 걸려 있었습니다

　소년은 식구들이 소년을 홀로 두고 집을 떠난 후 자주자
주 그 정자를 찾아가곤 했습니다

　"어디 갔다 오노?"
　소년이 막 정자에서 집으로 돌아오는 동네 어귀에서 자
전거를 탄 우체부를 만났습니다

　"니, 샘재댁 집에 살지? 이 편지 좀 갖다줄래?"
　"예."
　소년은 이렇게 대답하고 우체부가 주는 편지를 받았습
니다

"꼭 전해주거래이. 중요한 편지다."

소년은 편지를 들고 소년이 사는 집으로 빨리 걸어갔습니다

소년이 사는 집은 소년의 집이 아니었습니다

소년의 아버지와 어머니가 세 살 난 어린 동생과 할머니까지 데리고 서울로 가면서, 소년을 일가 할머니인 샘재댁에 맡겼습니다

소년이 아버지 어머니 할머니 동생과 함께 살았던 집은, 지금 얹혀사는 샘재댁 집에서 한참을 가야 있는 기와집인데 사립문이 닫혀 있었습니다

그때 소년은 왜 가족들이 소년을 혼자 마을에 떼어놓고 이사를 갔는지 몰랐습니다

"할매! 편지 왔다."

샘재댁에는 샘재댁과 샘재댁 며느리인 중뜰 아주머니가 함께 살았습니다

그러니까 그 집엔 여자 둘만 사는 것입니다

소년은 샘재댁에게는 샘재 할매라고 부르고, 샘재댁 며느리인 중뜰 아주머니에게는 중뜰 아지매라고 불렀습니다

"편지라꼬?"

샘재 할매가 부엌에 계시다가 소년이 편지를 전해주자 물 묻은 손을 닦고 편지를 받았습니다

"어멤요, 편지 왔닷꼬요?"

아랫방에서 베를 짜던 중뜰 아지매가 황급히 베틀에서 내려와 편지를 살폈습니다

곧이어 통곡 소리가 터져 나왔습니다

이웃 사람들이 달려오고 온 마을이 곧 웅성거렸습니다

"아이구 어째노. 기어이 이런 소식을 듣는구나!"

"생때같은 사람이 전사를 하당이!"

소년은 그 자리에 있을 수가 없었습니다 군에 간 샘재댁 아들이 죽은 것입니다

중뜰 아지매는 남편이 전사했다는 소식에 까무러치셨습니다

소년은 중뜰 아지매가 서럽게 우시는 게 제 잘못 같았습니다

우체부가 슬픈 편지인지 미리 알아서 그 편지를 전하지 않았던 걸까요

소년은 빡빡머리를 하고 있었고, 깜장 고무신을 신고 있었습니다

소년은 타박타박 걸어 혼자 뒷내로 나왔습니다

마을에서 뒷내로 나오는 길은 복세기 땅이었습니다

강변 모래에 냇물이 날라 온 유기물질이 섞인 땅을 그 마을에서는 복세기 땅이라고 불렀습니다

복세기 땅은 배수가 잘되었으며 밟으면 발자국이 날 만큼 폭신폭신했습니다

소년의 콧등에 땀방울이 송알송알 맺혔습니다

소년은 강가로 나와, 한참 동안 냇물을 바라보다가 납작
한 돌멩이를 주워 냇물 위로 비껴 던졌습니다
그날따라 물수제비가 잘 떠졌습니다
보통 때는 두 개도 못 뜨던 물수제비가 열 개도 넘게 떠
졌습니다
납작한 돌멩이는 고요한 냇물 위로 찰랑 찰랑 물너울을
지으며 한참 동안 뻗어 나가다가 잦아들었습니다

처음으로 그렇게 열 개가 넘게 물수제비가 떠진 것입니다
뒷내 물도 소년의 마음을 알아주어 마을 형들처럼 물수
제비를 잘 뜨게 해준 것 같았습니다
소년은 물수제비가 잘 뜨여졌지만 슬펐습니다. 뒷냇물
도 그날따라 슬퍼 보였습니다

강 건너 불거리 쪽 신작로 길에 먼지를 뽀오얗게 일으키

며 버스가 오고 있었습니다

  신작로는 일본이 우리나라를 침략했을 때 새로 낸 길이
었습니다

  가파른 산허리를 깎아 만든 길인데 읍내에서부터 이어
져 강 건너를 휘돌아 더 멀리 이어지고 있었습니다

  그 길로 많은 사람들이 떠났습니다

  소년의 식구들도, 샘재 할배도 떠났습니다

  샘재 할배는 일제 때 징용에 가서 돌아오시지 않으셨답
니다

  그래서 샘재 할매네는 여자만 두 분 사시게 되었나 봅니다

  오늘도 강 건너 신작로엔 버스가 지나쳤지만 내리는 사
람은 없었습니다

  배가 고팠습니다. 전쟁 뒤끝이라 그 마을에서 소년은 늘
배가 고팠습니다

  소년은 물수제비를 그만 뜨고 마을로 향했습니다

마을로 돌아오는 길은 보리밭 사이로 나 있었습니다 그
길도 복세기 길이었습니다
오늘은 베틀 소리 대신 울음소리가 퍼질 것 같았습니다

뒷내와 마을 사이에 펼쳐진 보리밭은 보리가 막 패어 있
었습니다 보리밭은 마을의 슬픔도 알지 못한 채 이삭 팬
보리밭에 훈풍이 불어 보리밭은 물결을 이뤄 남실거렸습
니다

멀리 솔숲에서 산꿩이 울었습니다
"꿔꿕!"
산꿩의 울음소리는 중뜰 아지매의 울음소리 같았습니다

소년이 보리밭 길로 접어들자, 보리밭 너머로 종달새가
하늘 높이 치솟으며 날아올랐습니다
소년은 하늘 높이 치솟는 종달새를 햇살에 부신 눈을 손
으로 가리며 쳐다보았습니다

"찌르르 쓰쓰쓰쓰. 찌르르 쓰쓰쓰쓰."

종달새는 이렇게 우짖었습니다

종달새가 포롱 포롱 날아 올라간 하늘에 연보랏빛 햇살이 어렸습니다

종달새는 날아오르며 노래하고, 노래하면서 날아올랐습니다

종달새는 어디서 노래를 배웠을까요?

보리밭에 불어오는 바람에게 배웠을까요?

반짝이며 흘러가는 냇물에게 배웠을까요?

눈부신 햇살에 반짝이는 강가의 조약돌에게 배웠을까요?

흰 구름에게 노래를 배웠을까요?

나는 지금도 아득히 하늘로 높이 날아 반짝이는 점이 되어 사라지는 종달새가 '대낮의 별'이라고 생각됩니다

그리고 '빛의 동무', '보리밭의 친구'라고 여깁니다

아니면, '흰 구름의 방문자', '시인의 영혼', '자유!'……

그때 소년은 종달새 소리가 꼭 물소리 같다고 여겼습니다
별소리 같기도 했습니다
별에게도 소리가 있다면, 종달새 노래 같은 것이 아닐까요?
소년은 마을의 슬픔을 아는지 모르는지 눈부신 하늘로
치솟아 날고, 보리밭으로 빛살같이 내려앉는 종달새를 한
참 동안 바라보았습니다

도랑엔 하얀 찔레꽃이 피어 있었고, 찔레꽃 사이로 무찔
레가 돋아 있었습니다
소년은 무찔레를 꺾었습니다 무찔레는 아직 연한 가시
도 돋지 않았고, 밑동이 연자줏빛으로 물들어 있었으며 그
위는 파르스름한 물빛을 지니고 있었습니다
무찔레는 물기가 많고, 달착지근했습니다

풀숲에 종달새 둥지가 보였습니다 마른 풀을 모아 지은
둥지 안에는 잿빛을 띤 흰색의 알록달록한 예쁜 종달새 알

이 네 개나 들어 있었습니다

종달새 둥지는 꼭 조그만 밥그릇 같았고, 종달새 알은
갈색의 작은 얼룩점이 새겨져 있었습니다 종달새 둥지 안
의 종달새 알 위로 봄 햇살이 포근히 내려앉아 아른거렸
습니다

소년은 잘못하면 예쁜 종달새 알이 들어 있는 둥지를 건
드릴까 봐 살그머니 풀숲을 빠져나왔습니다

이듬해 봄, 소년이 일곱 살 되던 해, 소년은 학교에 들어
갔습니다

전쟁은 아직 끝나지 않았지만 봄은 해마다 찾아왔습니
다 다시 또 종달새가 보리밭 위로 날아오르고, 보리밭은
출렁이고, 뒷내 물과 앞내 물은 고요히 흘러갔습니다

5월 어느 날, 선생님이 아이에게 물었습니다 선생님은
여선생님이셨습니다 그때 소년은 여덟 살이었습니다

"너는 커서 무엇이 되고 싶니?"

소년은 문득 종달새를 생각했습니다 보리밭 위로 날아

28

오르는 종달새 그리고 앞내와 뒷내 물을 생각했습니다
　아이들은 선생님의 물음에 아무 대답도 하지 않았습니다 그러자 선생님이 다시 말씀하셨습니다

　"우리는 누구든지 커서 무엇이 된단다. 가령 나 같은 선생님이 될 수도 있고…… 군인이 될 수도 있고, 농부가 될 수도 있고, 또 시인이 될 수도 있단다."
　그러자 한 아이가 물었습니다
　"선생님! 시인이 무엇인데요?"
　"시인? 시인은 시를 쓰는 사람을 일컫는 말이란다."
　"시가 무엇이에요?"
　"시가?"
　선생님은 한참 생각하시는 듯하더니 말씀하셨습니다
　"시는 뒷냇물이 하는 말을 받아 적는 거란다. 그리고 살구꽃이 피어 있을 때의 마음을 받아 적는 거란다. 또 보리밭 위로 날아오르는 종달새를 오랫동안 바라보는 거란다.
　그때 뒷냇물이 살구꽃이 보리밭이 종달새가 너희들에게

무슨 말을 걸어올 거야. 그걸 받아 적는 게 시라고 한단다.

　모든 사물들은 다 말을 하고 있단다. 그 말을 우리가 듣지 못할 뿐이지."

　아, 참! 나는 다시 냇물 이야기를 해야겠군요 소년이 읍내로 전학 간 이후의 이야기 말입니다

　봄이면 피어나던 살구꽃 온 동네를 구름처럼 뒤덮던 살구꽃 그리고 황어 은어 물고기들

　봄날 아침, 햇살이 두 냇물이 합쳐지는 합수목 앞 용머리 산에 부딪쳐 부서지면서 강물과 마을을 발그레한 복사꽃 빛으로 물들여 놓는 봄이면, 강을 따라 바다에서 황어가 앞내와 뒷내로 올라왔지요

　그때 앞내와 뒷내는 또 황어의 등빛으로 발갛게 물들었습니다 그리고 은어도……

　그러면 마을 아이들은 강물을 바라보며 "야, 강물이 복상꽃밭 같다!" 하고 탄성을 질렀습니다

참, 그 마을에서는 복숭아를 복상이라고 불렀고, 도라지꽃을 돌개꽃이라고 했고, 조를 서숙, 다슬기를 골부리, 진달래를 참꽃이라고 불렀습니다

소년은 그 마을에서 아홉 살까지 살았습니다 그리고 강물을 따라 읍내로 나왔습니다
그다음 소년은 더 넓은 강물을 따라 더 넓은 세상으로 흘러갔습니다

소년은 그 마을에서 아홉 살까지 살며, 그 마을에서 배운 말을 오랫동안 잊지 않았습니다

강7
— 올해도 감꽃이 피었어요

"나는 내가 누구인지 명확하지 않습니다.
다만 마지막 기억인지 의식인지 되새기면
타는 듯한 목마름이 한순간 지나가자
위와 아래가 텅 비었고
동서남북 사방이 없어졌고
마치 터널을 걷고 있는 것처럼
빛이나 시야가 흐려졌습니다.
그때
고향집 감나무에 풋감이 달린
것이 어렴풋이 떠올랐소.
당신은 당신이 누구인지 아세요?"

"저는 신문을 읽고 있습니다."

— 100일 전만 해도 이 전쟁이 시작되었다는 것이 믿기지 않을 정
도였습니다. 21세기 유럽, 한 국가의 군대가 다른 국가의 민간인

을 무자비하게 죽이고 있습니다. 아니, 이것은 디스토피아입니다. 그러나 시간이 흐르고 그것이 현실임을 이해해야 했습니다.

　세상은 다시는 예전과 같지 않을 것입니다. 그러나 전쟁 발발 100여 일이 지난 지금 모든 것이 다시 정상처럼 보입니다. 그리고 전쟁은 헤드라인에서 점차 사라지고 있습니다.—*

풀들이 뒤덮인 허물어진 참호에서
그의 유해가 찾아졌다
70년 만이었다
그는 머리 위로 날아드는 포탄을 피해
사격 자세를 취하고 있었다
유해는 두개골, 갈비뼈 상반신이 남아 있고 그 곁에
총탄 구멍 뚫린 철모가 떨어져 있었는데
변식된 전투복에 국군 이등병 계급장이 붙어 있었다

"유전자 감식으로 밝혀졌습니다.
당신은 우리 고향 출신이며 저보다 열여섯 살 더 위인
스무 살 앳된 젊은이셨습니다.
당신은 70년 전 초여름 전투에 투입된 지
일주일도 되지 않던 이등병이셨습니다.
당신의 유복녀, 당신이 혼인한 지 열흘 만에 징집될 때

당신의 아내가 유복녀를 잉태했고
당신은 그 사실을 알지도 못했지만
지금은 어느새 70살이 훨씬 넘은
당신 따님이 전화를 해줍니다."

"올해도 고향집 우리 마당 뒤란
감나무에 감꽃이 피었네요."

---

* 독일(베를린) 일간지 〈타케스슈피겔〉 기사 일부.

2부

별 목걸이

무엇이라 여겼더냐
저 성간(星間)과 성간의
공허와 충만을
열망은 소진(燒盡)을 예감했던가

별들과 별들 사이
꿰어보려고
어둠 속 살별 하나
피어났으니
어둠 속 살별 하나
스러졌으니

어둡고 막막한 밤하늘 아래
꽃 한 송이 다시 피는
이 봄밤은

바위들 음악

새들이 꽃으로 날아듦을 보았다
한 마리 두 마리
때로는 여러 마리
무리지어 꽃 속으로 날아듦을 보았다

꽃들이 바위 속에 피는 것을 보았다
한 송이 두 송이
때로는 여러 송이
무리지어 바위 속에 피는 것을 보았다

바위가 하늘로 오르는 걸 보았다
바위 하나 바위 둘
때로는 여러 바위
수많은 바위들이 하늘로 하늘로
오르는 걸 보았다

하늘에 무지개가 피어올랐다

새들이, 꽃들이 귀를 열었다
새들이 날고 꽃들이 눈부셨다
꽃들과 새들이 무지개를 피웠다
새들과 꽃들이 하늘을 이루었다

무지개새

무지개를 닮았다고
현란한 무지갯빛 깃털에 어린다고
그 새, 무지개새라 칭하지 않겠네

무지개새는 제 스스로
무지개를 만들기에 무지개새라 이른단다

무지개새는 어디에 사나
하늘에 사나 땅에 사나
무지개새는 하늘에도 살고
땅에도 살지
드높은 곳
낮은 곳
강변과 작은 숲 구릉에도 살지
개방된 곳 열린 곳 트인 곳에 살지
무지개새는 당신
무지개새는 당신 마음에도 살고 있어

당신은 햇빛이다
당신은 물결이다
당신은 소나기
비 온 뒤 하늘
당신은 현금(絃琴)
당신은 하프
현들이 제각기 고유한 음을 내는
짧은 현 높은 음 내고
긴 현은 낮은 음 내는
햇빛 하프 물결 하프
그러니까 당신은 무지개의 어머니
무지개새의 조상

당신이 무지개새인 까닭이 왜 없겠어요

바다거울

먼 산이
머리에 흰 눈을 쓰고 있는

먼 산이

거울을 들어
제 모습을 한차례 보고 있었다

지는 해가
흰 눈에 어리어
그 산머리 잠시 밝아지던 무렵

아주 잠깐
아주 잠깐

먼 산이
겨울 바다

거울을 들어

제 모습을 한차례 비춰 보고 있었다

은하수 생각

바위 속 여울
바위 속 냇물 강물
바위 속 호수 바다
바위 속 하늘 은하(銀河)
빙하 빙산
고체(固體) 유체(流體)

은하수는 우리에게 얼마나 멀까
어렵게, 어렵게 찾지 말도록

여울 속 바위
호수 속 바위
강물 속
바다 속 바위
하늘 바위
하늘 바위
유체(流體) 고체(固體)

은하수를 떠올림은
받아온 생명을 상기하는 것

은하수는 아득히 멀지 않아요

죽음이 마치 엷은 휘장처럼
머리맡에 드리울 때

당신 곁에 가까이
당신 가슴 당신 눈물
그리움 속
은하수는 아스라이 멀지 않아요

모과

무릎이 이따금씩 시큰거려도
노인은 지팡이는 아직 짚지 않았다
볕바른 공원에 가서 앉았다
시무룩한 얼굴로 행인을 바라봤다
얼굴에 검버섯이 피어 있다
과거가 간간이 떠오르지 않았다

공원에 심어진 모과나무 가지에서
모과가 떨어졌다
툭 하고 떨어졌다

애인의 젖꼭지를 홀연히 떠올렸다
애젊은 젖꼭지……
애젊은 젖꼭지……
독거노인 젊은 시절 그때의 애인인가
가냘픈 연분홍빛 모과 꽃을 떠올렸나

모과는 겉 빛깔이 이제 차차 변할거다
잎 지는 서늘한 날
검갈색 빛깔이 온몸에 퍼지겠지

모과도 과거를
떠올려도 보는 걸까
그 또한 지난날이 어슴푸레 희미하다

새끼 고양이 세 마리

고양이 새끼 세 마리
귀 오므려 바람 소리 듣고 있구나
갓 젖 뗀 새끼 세 마리
아니, 그늘 속
또 한 마리 더 있나
나무 그늘 아래
바람은 가만히 살랑거리고
멀찌감치 내 발자국 소리 나자
호다닥 흩어진다
젖꼭지 빨갛게 부풀어진 어미 고양이
이만치서 느긋하게 제 새끼 바라본다

이 분별
이 해석

2, 3분
많게는 한 5분

내 생애 부풀리는
살랑거리며 잦아지는 바람에 합쳐지는
의미 또는 무의미

코 없는 그물

하늘 냇가의 하늘 물고기
땅 냇가의 땅 물고기

거리낌 없다
헤엄쳐 가네
서로서로 오르내려
헤엄쳐 가네

밤이 없고
낮이 없는 그 어느 곳

형제의 집으로 가려 하는데

새
창고

소나무
들판

형제의 집으로 가려 하는데

무엇을 기억하고
무엇을 떠올릴까

가까이에 병영이
사격장에 깃발이

창고엔 자물쇠가 풀려 있지만
창고에 새와
소나무와 들판

사격장 깃발
탄약 상자

열매들 마을

가장 깨끗한 생각들처럼
햇볕 바랄* 품어 안았던
바람 위임 지녀 간직한
둘레 원명(圓明)하고 청결한 마을
어제 오늘 한결같아서
오늘 내일 처음 같은 곳
열매들 찾아가 다다른 마을
내가 능금이면 갈 수 있으리
내가 자두라면 갈 수 있으리
발돋움해 바라보는
열매들 마을
눈 위에 손 얹고
바라보는 마을

---

* '바람'의 북한 말.

상관

뻐꾸기가 울었습니다
뻐꾹 뻐꾹
그러다가 어느 때는 한 간격 두고
이따금씩 뻐뻐꾹 뻐뻐꾹
하며 좀 다급히
울기도 했습니다
뒷산 어디, 나뭇가지 위엔 듯
뻐꾸기 울음소리 이어 들리면
그쪽 보며 나도 한번
뻐꾸기 된 듯
뻐꾹 뻐꾹
흉내 내어 봅니다
뻐꾸기가 내 소리를 들었을까요
잎 피는 굴참나무 참나무들도
내가 내는 목소리 같이 들었을까요
뻐꾸기 한 마리를 제 가지에 앉혀 놓은
굴참나무 참나무는 또 무슨 마음일지

내가 한번 내어보던 뻐꾸기 소리
내 소리 마당에서 흔적 없이 잦아지고
천지(天地)라고 해야겠지
하늘과 땅은 늦봄 오후
나와 뻐꾸기
굴참나무 참나무의 이 교응(交應)을
있는 듯 없는 듯한 이 상관을
뻐꾹 뻐꾹 뻐꾸기는 울고
나는 풀 뽑던 마당 일 멈추고
물 한 잔을 새로 따라 마셨습니다

흰 국화 검은 목련

지하층 장례식장
복도 불빛 흐리다
이어진 긴 복도
근조화환 흰 국화
흰 국화 적막하다
상주 없는 장례식장
조문객들 발걸음도 끊어진 곳
영정도 영구도
안치되지 않은 빈소
향불을 어느 때 피워 놓았나
향 타는 냄새 복도에 스며들고
우는 사람 없는 방 안 흐느끼는
울음소리 복도로 이어진다
어두운 복도 지나
문밖에 서면
봄인데
봄날인데

검은 마스크
인간들 말없이 앞만 보고 지나치고
검은 목련 피어 있네
인간과 당신 그리고 검은 목련
안팎조차 구별 없는
여기 이곳 이 도시
지하층 지상층
흐린 불빛 장례식장

초목의 관계

내 형제 내 사촌은 남쪽에 살고
또 한 명은 북쪽에 살지

제 큰 삼촌은 서쪽에 살아요
막내 삼촌은 동쪽에 살고요

내 사촌은 키 크고
또 한 명은 키가 작아

이른 아침
밝은 대낮
해질 무렵에
산과 들에서
희미한 소리

귀 어둡고
눈 어두워

듣지 못한다면

귀밝이술이라도 한잔하고
사방에서 들려오는
희미한 소리
어렴풋이 들어보는
희미한 소리

대통령, 대통령들

하늘에서 별들이 말했다네

저기 봐, 저들이 오고 있어
무리지어 저벅저벅 걸어오고 있어

검은 양복들을 입고 있고
붉은 넥타이를 메고 있어

저들이 함께 어디론가 가고 있어

저들은 아마도 캄캄한
흑암으로 가고 있나 봐!

여전히 저들이 웃고 있는데
눈빛은 불타고 충혈되었다

그들이 달맞이꽃별 곁을 지날 때

그들이 반딧불이별 곁을 지날 때

달맞이꽃별은 침묵했다네
반딧불이별은 눈을 감았다네

진입로

물과 불과 바람결이 있었나 보다
이슬과 서리 침묵 있었나 보다
더욱 그것이 필요한가 보다

행위가 없다 한들 있다 한들
걸음마 배우는 어린아이처럼
길을 여는 것은 의지하는 것

돌에게 나를 주고
돌이 나를 받아 가까이 되어
모체와 대지를 떠올려보라
우리는 우리의 근원에 놓인 우리

내가 돌을 깔아 길을 만들 때
잃어버린 것이 어찌 발자국일 뿐이랴
내 가슴을 닮은 돌
입 다문 돌

나는 내 마을에 갇혀 있었다

당신도 오세요
돌길로 와요
진입로입니다
맨발로 활연히 걸어가세요

분리되지 않고 하나가 되어
넉넉하게 안락하게 숨 쉬는 것

빗줄기 천둥 번개 눈보라 어둠
대기와 허공 숨결 있었나 보다
더욱 그것이 필요한가 보다

설문지

그들은 나에게 질문했지
꽃들의 오늘을 물었지
나는 꽃 대신 다른 그 무엇을 떠올렸다

너 미지의 것이여
아스라하고 보이지 않는 것이여
소년의 것이면서 청춘의 것이여
백발의 것이여

그들은 색채와 빛깔을 물었고
녹색의 자태를 물었지
그들은 이미 딴 하늘에 살지만
그들은 나에게 물었지
꽃들의 내일을 질문했지
나는 대답하지 않았네

그들이 덮은 색채의 이불

그들은 빛깔의 의상을 걸쳤고
녹색의 자태에 경도되었지요
그리하여 그곳에 머물렀지
그들은 나에게 질문했지
꽃들의 기억을 물었지

시드는 꽃을 보았네
시들지 않는 꽃을 보았네
꽃들은 시들고
꽃들은 시들지 않았네
그들이 물은 것은
조화(造花)였네
향기조차 간직한 조화였네

국립묘지

바로 말하기가 쉽지 않았다
올바르게 말하기가 어려웠던 것이다
언제나 그 곁을 지나다니면서도

눈길은 오늘도
그쪽을 향한다
당신은 무얼 위해 살아갔는가
당신은 무얼 위해 태어났는가

묻힌 자들 또한 그러했으리

마치 자기 부모
형제 자식 과오를
남에게 그대로 드러내야 할 때처럼

무엇이 혼령조차 속박하는가

국가
민족
애국
이라는 말
많은 이들이 침묵하지만

바로 말하기가 어려웠던 것이다
올바르게 말하기가 쉽지 않았다

그러니까 우리는 막막하게
일렬종대
제복 입은 무덤을 떠올린다
거수경례하고 있는 묘비만을
떠올린다

녹색 짙어가는 국립묘지
머리 위로 흐르는 몇 조각구름

무심하게 흘러가는 한강 물을 상기하며
화환을 받쳐 드는
의장대의 걸음걸이
그리고 예포 소리

오늘도 4호선 전철을 타고
용산 지나 이촌 지나
동작대교를 지나
동작역에서
이수역 사당으로 가며

무엇이 정녕 우리를 해방하고
무엇이 끝내 우리를 속박하나

3부

향로봉

高 顯 處

높고
밝고 뚜렷한
곳

그러나
떨어져
아득한 저곳

우러러 마주하는 저 봉우리
염원하여 마주하는 봉우리여라

목소리와 목소리
숨결과 숨결은
어떻게 하나 되나

정결한 기원은
무한한 동경에서 피어오르니

우리가 스스로
다가서는 곳

고난의 밤을 지나
적막한 밤을 지나
형제여, 가없는 끝없는 하늘

사르워 피워낼 우리의 꿈
창공에 피어날 우리의 사상

세계와 인간의 무궁한 자유
누리에 사무칠 우리들 노래

동시집 제목

나무들이 길거리 공원을 산책하다가
발목을 다쳤어
새들이 나무에게 날개를 빌려주네

안녕이란 모두
기분 좋게 느끼는 것

꽃들 음악회는 구름들도 즐거워
사랑의 별들이 반짝이며 떠올랐지

안녕, 달팽이야
그곳으로 가면

사람들이 서로서로 나무가 되고
나무들이 대신 새들이 되고
꽃들이 흔쾌히 구름이 되어
그곳으로 가면

그곳으로 가면

새들 옆에 무지개
무지개 위에 꽃들
꽃들 곁에 바이올린
바이올린 옆에 나무들

상속

유언

공증(公證) 없는 유언
유언장 없는 유언
금고 속에 유언장을 넣어두었나요?

유언은 무기(無記)
기록하지 않는 것

가령 논이
가령 쌀이
밥에게
치아
식도에게
위장에게
대장 소장 방광에게
그리고 항문에게

유언하지 않듯

논은 쌀이고
쌀은 식도이니

파도가 물이고
물이 파도이듯

식도는 항문이고
스스로 논이어서

쌀이 밥을 먹네
무기(無記)로 밥을 먹네
삼시 세끼

유기(有記) 아닌
무기(無記)

보보의 시

보보야
장미의 다른 이름
돌의 다른 이름 알고 있니
별과
달의 다른 이름

꽃아, 져버렸다
핀 꽃보다 진 꽃
져서 아주 사라진 꽃
져서 너는 봄이 된다
돌도 말 없는 돌
별은 이미 사라졌다

보보야
기억할까
나나야
옛 꽃 기억

너와 나는 언제나 새 이름을 찾는다
섬세하고 교교한 것
보보야 나나야

꽃들은 모두 새가 된다
새들은 모두 꽃이 된다
빛이 된다
돌들은 모두
차가운 별빛
영원한 동경

보보야
장미는 스스로를 어떻게 부를까
나나야
물결은 물결을 어떻게 부를까
물결의 다른 이름
모래들의 다른 이름

내일의 장미
수많은 모래

호랑이와 고양이

호랑이와 고양이
또는 고양이와 호랑이
라고도 쓸 수 있지
생물분류
계층 분류 체계
너희와 나, 혹시 이 두 같은 과의 생물종에서
외형적 크기를 먼저 떠올리고
생태 유전 행동 비교 생리를 상기하는가
어흥과 야옹의 다른 울음소리
사슴과 생선의 먹이 차이
앞발에 발톱이 다섯 개이고 뒷발에는 네 개의 발톱이 공
통으로 있다고
우리는 개별적 사물을 떠올리며
이내 유사한 사물을 유추하지만
연상은 대체로 일회적이며
유추는 흔하게 피상적이다
고양이와 호랑이

또는 호랑이와 고양이
라고도 쓸 수 있지
비교에 침식된 슬픈 사고는
무엇을 먼저 우선하는가
나와 너희,
분화되기 이전 아득한 과거
그 시간 땅과 대기
본질과 근원과
선험적인 것
관계되며 인도되는
주관적인 동시에 객관적인
우리에 갇힌 존재
깨워다오 우리
눈 쌓인 타이가 숲속 적막한 단독
절멸되는 고적한 배회
그리고 내 곁을 떠나려 하지 않는 존재
가릉거리는 목소리

기억되지 않는 시간
나는 우울하네
그리고 나른하네
적막과 미몽
장구한 시공 속 한 점 한 분절
우리 함께 숨 쉬는

자고 있니
자고 있니
고양이
호랑이
누구의 꿈속에
누구의 꿈속에
깨어 있니
깨어 있니
호랑이
고양이

태양 아래 우리는
아득한 나날
시원의 생명 틀에 함께 이어져
무의식에 마땅히 그 시간이 스며
나도 함께
너도 함께
다 같이 다 같이
우리들의 꿈속
너희들의 꿈속
다 같이 다 같이
양막 지나 암막으로
암막 지나 양막으로

무지개 타는 강아지

2020년 올 한 해
비가 많이 쏟아졌고
태풍도 자주 닥친 여름을 보냈는데

긴 장마 멈춘
9월 초순 오늘 오후
코로나 번지는 이 땅 하늘에
홀연 쌍무지개, 쌍무지개 어려

강아지, 강아지
우리 집 강아지
이 세상 인간사 짐작 못할
강아지

하늘에 걸린 무지개 보고
한동안 콩콩 짖어대더니

이내 깡충깡충 마당을 뛰며
무지개 다시 한번 올려다보고
앞발을 쳐들고 기쁨에 겨워
팔짝팔짝 또 뛰며 뱅글뱅글 돌며
무지개를 타려고 팔짝팔짝 뛰며

— 무지개와 강아지 —
— 무지개 타는 강아지 —

무지개가 팔 벌려 강아지를 안아주네
강아지가 하늘의 무지개를 타네

고양이 비애를 생각해보게

내 마음 속 그림 하나
상투적 그림 하나
또 다시 한 예를 들어보자면
고양이와 쥐에 대해
쥐와 고양이에 대해

쥐들 음악회에 고양이가 지휘자가 되었지요
발톱 빠진 고양이
쥐들이 까만 정장 차림으로
연주회를 성대하게 개최하고 있었고요
고양이가 마지못해 지휘봉을 들었지요
쥐들은 제각각 눈알을 반짝이며
악기를 연주하고 노래를 불렀어요
쥐들이 연주하는 악기 중 타악기는
고양이의 가죽
현악기 현은
고양이의 힘줄이고

관악기도 짐승 뼈로 만든 건데
자세히 보니 그것 또한
고양이의 정강이뼈로 만든 것이었지요
쥐들은 제각각 눈알을 반짝이며
악기를 연주하고 노래를 불렀고요

나나니벌아, 쌍살벌아

이름을 한차례 입에 올렸다
어느 날 나무가 나를 부른 것처럼
어느 날 민들레가 나를 부를 때처럼
나나니벌아
쌍살벌아
이름은 누굴 위해 지어졌으며
이름은 누굴 위해 불러보는가
저를 위해 아니면
남을 위해
그도 저도 아니라면
그 무얼 위해
이렇게 오늘 내가 불러보기 위해
얼어서 시드는 국화 곁에
날아는 왔다가
편 날개로 엎드려 움직임 없다
지난여름 저희에겐 길이었을 침
침은 아직 그대로 몸에 지녔다

초겨울 국화 곁에 생명을 다한
초겨울 국화 곁에 국화가 되는
나나니벌 쌍살벌, 벌들 이름을

꽃목걸이

꽃들이 목걸이를 만들었습니다
꽃들이 꽃으로
목걸이를 만들었네

꽃들은 꽃목걸이 누구에게 걸어줄까
꽃에게 걸어줄까
이슬에게 바람에게 들녘에게 햇살에게
대지에 충만한 한없는 대상

꽃들이 목걸이를 만들었습니다
눈여겨 눈 비벼 보시렵니까
꽃이 되어
꽃이 되어
꽃이 되어서

꽃목걸이, 꽃목걸이
꽃들이 꽃으로

목걸이를 만들었네

여권 없는 자

옮겨 심기 좋은 꽃들이었네
금송화 만수국 금잔화였네

한곳에만 머물러 꽃 피기를 싫어했나
모종하고 미처 물을 주지 않았어도
스스로 생기를 잃지 않았으니

꽃들은 때로 인간의 체취를 담기도 하나

양고기를 먹고 올리브유를 즐겨 먹는
풍만한 아랍 여인 겨드랑이 액취
초경맞이 아프리카
콩고나 나미비아 열네 살 여자아이 아릿한 숨결

열정과 순결과 은밀함도 한때
꽃들 물결을 되돌아보네

여권 없는 자

나 또한 여권이 마련되지 않아
향기를 무늬처럼 꿈결처럼 느끼네

향기는 미지의 그대에게 남으리니
여름에서 가을까지 그 어느 날

옮겨 심기 좋은 꽃 꽃향기 타고
멀리멀리 저 멀리 별 나라까지

음악의 순간

보시겠습니까
들으시겠습니까
보기도 하고 듣기도 하겠어요
새싹 목소리를 들었네
성천(聖川)에 흐르는 물결 소리 들렸네
초록들이 보이고
색채들이 춤췄네
새싹 목소리를 한없이 따라갔네
초록빛은 내 마음을 멀리멀리 데려갔네
내가 보지 못하는 곳
내가 듣지 못하는 곳
드높은 곳까지 데려가고 데려갔네
봄비라면 봄비야
내 꿈을 나쁜 꿈
곱게 맑게 씻어주렴
나는 한갓 진동이고 떨림이니
내 모습을 당신께 드리고자

넘쳐흐르는 당신 얼굴
당신이 걸음 멈춰 나를 보고 계십니다

목걸이 도마뱀

빛이 너에게 와서 안겼나
겸손한 빛
온유한 빛이여
기고 날고 뛰는 생명
저마다 고유한 대상들이여
깨닫지도 못하는 유정 무정들
한 마리 도마뱀
꼬리 긴 도마뱀
돌 틈으로 풀 사이로 기고 달리는
야생의 민첩한 작은 파충류
인간의 눈을 피한 날카로운 파충류가
제 녹에 빛을 받아
목에 감았으니
그리하여 비로소
현란해진 빛이여
무감하고 타성적인
우리들의 빛이여

느끼고 인정하고 다시 또 망각하는
외로움이여

빛 목걸이

무심하게
한결같아
흙이나 공기처럼
언제나 그렇게
빛은 다시
광원으로 되돌아가지 않습니다
우리가 보면서도 보지 않듯
제 모습 그림자도 스스로는
남기지도 않았습니다
어느 누가 그를 닮아
그를 품었나
아득한 오래전
이름 모를 사내
누구에게
누구 위해
사랑을 전했나
흙그릇에 내렸어요

빛 목걸이
빛살무니 토기였네
손마디 불거진 사내의 무심
광대뼈 불거진 투박한 사내

잎들, 잎들

명수 명식이 명호 명철이 명준 명인
명석이 명근이 명기 명길 명우 명남
명성이 명현 명대 명윤이 명회 명낙
명웅 명각 명배 명운이 명종이 명서
명민 명승이 명신이 명일 명구 명오
명광 명관이 명규 명선 명춘이 명필
명삼 명영 명장이 명재 명백이 명만
명찬이 명정 명곤 명완 명박이 명수

네 이름도 혹시 여기 있다면

어긋나기 돌려나기
마주나기 모아나기

잎자루 잎맥 잎줄기 잎몸 홑잎 겹잎
선모양 침모양 바소꼴 타원형 계란형
원형 삼각형 신장형 심장형 꺽꿀달걀꼴

잎들, 잎들 이파리 잎들

하늘 마을에 안녕을 새기듯

이것 없다면

이것 없다면
만약 생각에도 꿈속에도
이것 없다면
문이라는 것
언제나 잠긴 채로 있는 것
문이라는 것

색채였네
무늬였네
그것이 나에게 문이었네
빛깔
광명
문이었네
내일이었네

우크라이나
포격과 화염과 살상 속 시민들

그대들 앞에 다가서는
장벽 어둠
그 거대한 문
밖
그 너머
생기(生起)하는
꿈 광명

그걸 열어 스스로
하나의 세계를 만들고 건설하는
꿈 광명

그대들 평화
우리들 자유
피로서 가로막는 그것
아니니

만약 이것 없다면
생각에도 꿈속에도
이것 없다면
문이라는 것
언제나 닫혀 있고 잠긴 채 있는
열어서 하나의 세계를 만들어야 하는

우리는 언제나 어둠 앞에 서네

4부

너희들이 넘노는 홑이불 덮고

새끼 고양이가 새 모자 쓰고
동무 집을 찾아가네
리본 맨 병아리야!
리본 맨 병아리에게
달팽이가 풀잎에서 더듬이로 손 흔드네
점박이 무당벌레는 그 모습을 못 보았네
개구리야, 개구리야 안경 쓴 개구리
너는 큰 입 벌려
무얼 보니 구름 보니
흰 구름 보니
강아지가 나풀나풀 날고 있는 나비 보네
강아지가 날고 있는 나비에게 인사하네
강아지야 너도 한번 나비처럼 날아보렴
강아지 발에 신겨 있는 꽃신이 너무 크다
개미는 오늘도 지팡이를 짚고
고개 고개 넘어서 일하러 가고
감자밭에 감자는 잘도 크는데

민들레와 질경이는 숨바꼭질하고
나는 물끄러미 너희들 보다가
너희들이 넘노는 홑이불 덮고
낮잠이나 자련다
낮잠 자는 내 꿈에 무지개새가 찾아올지
이런 날 상쾌한 날
그러나 드문 날 모처럼 희귀한 날
이런 날 내 이름을 쓰는 일이 있게 되면
마음 들떠 자칫 잘못
김명수를 감명수라 박명수라 쓰기도 하고
어쩌면 무지개새 김명슈라고 쓰기도 할걸
즐겁고 기쁜 날 황홀한 날

모든 꽃의 형제

그늘진 산비탈에 돋아났습니다
가만히 소복이 피어났어요
우산나물 한 포기 피어났습니다
아기 토끼 비 오는 날 비 맞지 말고
아기 토끼 찾아와서 쓰고 가라고
우산나물 봉긋이 돋아났습니다

깊은 산 골짜기 외딴집에
뻐꾸기 소리가 들려옵니다
깊은 산 골짜기 외딴집에
혼자 사는 늙으신 할머니 한 분
코로나는 거기에도 알려졌는지
할머니가 마스크를 벗지 않은 채
아침에 콩밭 매고
점심에 파밭 매며
뻐꾸기 소리를 듣고 있습니다

꽃들의 형제는 누구였나요
뻐꾸기도 할머니도 우산나물도
모두 모두 꽃들의 형제랍니다
그늘진 산비탈 외딴집도
할머니네 파밭 콩밭 아기 토끼도
모두 모두 꽃들의 형제랍니다

구름 어머니

돌이 낳은 구름 보세요
구름이 낳은 돌 보아요

내가 나를 불러보세요
네가 너를 불러보아요

구름 어머니
돌 어머니

아지랑이 잔물결
눈부신 물결

있는 나와 없는 나
여기 이 언덕

동호리 내 집터
운모(雲母) 한 조각

반짝이고 반짝이는
구름 어머니

땅 위에 내려앉은
어제 오늘

돌에 어린
오늘 내일

맨드라미 열쇠

문 앞에 다다랐네
잠긴 문 자물쇠 없고
닫힌 문 열쇠 없네

마당에 내가 심은
맨드라미 몇 포기
수레바퀴국화

돌아서네 다시
문 없는 문

내게 열쇠 없고
자물쇠 없어

맨드라미 한 송이
열쇠인 양 받아 들고

열쇠 자물쇠
사라진 곳

내 자전거에 비밀번호가 있습니다

죽어가는 용을 살리시렵니까
잃어버린 모래를
잃어버린 구름을 찾으세요
찾아오는 심장을
다가오는 허파를
맞으시겠습니까
소년이 찾아와요
조상들이 찾아옵니다
반갑게 우리를 쓰다듬습니다
땅들의 땀방울을 닦으시겠습니까
땅들의 숨소리를 들으시겠습니까
원경이 다가오고 근경이 피어나요
스스로 초목이 되어보시렵니까
영혼의 근육이 쇠약하지만
영혼의 근육이 쇠퇴했지만
알려드릴까요
부성과 모성

우리는 무엇을 잃고
놓쳤나요
소중한 것
귀한 것
안타까운 것
배가 물에 떠 있어 바람이 불어
배가 흘러가요
바람이 불어
바람이 하모니카 불어주는 날
내 자전거에 비밀번호가 있습니다
내 자전거에 비밀번호가 없어요

미결에 대하여

내 미결을 그냥 두어주세요
내 오류를 그냥 두어주세요

우리의 미결을 부지해주오

해결은 미결
미결은 해결이니

어리석음 속에
어리석음 속에
눈물과
기쁨

과학과 기술과
지배와 믿음과
거부와 용납
기쁨과 눈물

나는 어린이 방에서 잠잔다

나는 어린이 방에서 잠잔다
그곳이 잠자리다
잠자리 날고
해바라기 피어 있다
햇살 어린다
어머니가 오신다
어린 고양이
거실도 두고
침실도 두고
아이들은 이미 다 컸으니
커서 자기 방을 떠나갔으니
방은 비어 있고 아이들이 없으니
별들과 수평선
당나귀 형제
내 귀는 어느덧 어두워져서
눈마저 흐려져서
나는 어린이 방에서 잠들고

어린이가 꾸었던 꿈에서 다시 깬다
당신도 이 방에서
나란히 누워

내일은 춘분

밝은 하늘에서
새소리 들렸다
하늘 바라보니 새는 자취 없고
눈이 부시고

먼 들판 트럭이 간다
흙 실은 트럭
돌 실은 트럭

사격장 총소리는 들려오는데
마을 소들은 축사에 있다

깃털아 날아보렴
산과 들이 사라진다

그림동화 겉표지에
보이는 가위

깃털아 새들 되어
하늘 높이 날아라

고물상

뒤엉킨 목소리가 웅웅거렸다
인간은 더 많이 고독해야 한다
누가 무엇이 내는 소리인가
인간은 더 많이 외로워야 한다
인간은 더 많이 사랑해야 한다
알아듣지 못할 소리
분간하지 못할 소리
무너지고 부서진 짓눌린 소리
녹슨 철근 토막 폐전선 플라스틱
우그러지고 구부러지고 찌그러진 고철 비철
산언덕과 갯벌과 논과 밭 백사장
강물 하늘
폐지와 넝마와 고철더미 틈에서
압축파쇄기는 멈춰 있는데
집게트럭 너클크레인 작동 소리인가
차량들 고속도로 치달리는 소리인가
비 맞은 종이상자 빈 병들

무더기로 쌓여 있는 헌 옷가지
어디서 무엇이 들려주는 소리인가
무너지고 부서지는 소리 없는 소리
집게트럭 너클크레인 잠시 멈춘
당신도 우리도 듣지 못한 소리

고글, 헤드세트, 장갑, 특수복은 팔지 마세요

무지개 피었다

무지개 피었다가 곧 졌다

무지개 다시 핀다
지고 나자 다시 핀다
내 가슴에
네 가슴에

눈 감고 가만히
눈 뜨고 가만히
무지개 보네

피고 지는 무지개
지고 피는 무지개

가슴속 무지개

허공 무지개
무지개 신기루
신기루 무지개

고글, 헤드세트, 장갑, 특수복은 팔지 마세요
고글, 헤드세트, 장갑, 특수복은 사지 마세요

당신 눈, 당신 머리, 당신 손, 당신 옷은
팔고 사지 마세요

방동사니 독립

밤낮 길이가 같은 날 추분날
백로와 한로 사이 이 추분날

누구에겐 밤이 길고 낮이 짧고

누구에겐 밤이 짧고 낮이 길고

누구에겐 낮도 밤도 다 길고 다 짧고

불면과 한탄
고독과 고통
환희와 열정이
보람과 벅참이
맹목으로 이어지고
간단없이 차오르는

그러나

마당 가 방동사니는
뽑혀도 다시 자란 방동사니는
맑은 이슬 찬 이슬을 줄기로 아네
뜨거운 해 서리 바람 씨앗으로 아네
누구의 불면과 누구의 열정
차치물론하고

금송화

개가
무유가
목줄 가진 무유가
우리 집 개 무유가
아침저녁 여름 내내
오매불망
뒷발로 앞발 사이
앞발 겨드랑이를
긁고, 긁고 또 긁고
또 긁었지요
날개가, 날개가 돋았습니다
이쪽저쪽 앞발 양쪽
겨드랑이 사이
오, 오늘 저녁 금빛 노을
서편 하늘로
무유가, 무유가 날아올랐지요
우리 집 개 무유가 날아올랐습니다

그때 마당에
우리 집 마당에
금빛 금송화 밝게 피었어요
금송화 금잔화 다 같은 이름
금빛 금잔화가 환히 피었어요
내 사는 우리 집
초가을 하늘
무유가 하늘로 날아올랐지요

백내장

거기서 나는 보고
돌들의 별을 보고

거기서 나는 보고
풀들의 강을 보고

은빛 아지랑이
물고기들 날개

돌들과 풀들과
별들의 합창

지상에서 우리에게 밝음이 사라져도
볼 수 없는 내 얼굴
네 눈빛 다가와서
크나큰 세상이 되비춰오면

라면을 끓이는 시

키 낮은 선반이 붙어 있는 부엌에서
나직한 목소리가 새어 나왔다
부뚜막 냄비에서 물이 끓고 있었다
자정이 넘은 한적한 밤이었다
희미한 불빛이 어리는 곳에
내가 쓴 시들이 거기 있었다
연전 내가 쓴 시들이었다
유족한 행색은 아닌 듯싶었다
그들이 라면을 끓이고 있었다
세계는 여전히 살육과 수탈인데
거처가 어디인지 말하지 않았다
바깥은 싸늘한 날씨였다
자정이 넘은 고요한 밤이었다

말과 소와 강아지를 본 적이 없어요

그 말은
말과 강아지와 소와 악어까지 합쳐진 말

그 강아지는
강아지와 고양이와 쥐와
침팬지까지 합쳐진 강아지

그 소는
소와 소금쟁이와 소나무와
소쩍새까지 합쳐진 소

악어는
악어와 나쁜 말과 북어와
민어까지 합쳐진 악어랍니다

그 말을 타고
그 강아지를 키우고

그 소를 사육하고
악어도 사육하고

그래서요
그래서 뭐요
상관하지 마세요!
그냥
그냥

실은 저는 강아지를 몰라요
말을 몰라요
소를 본 적 없어요
악어도 물론

증강하는 당신
증강하는 저
저는 누구인지 당신은 아십니까

연결, 근접성 그리고 그것과 함께의 적막감

그렇다 치더라도
오랫동안 거기에 머물러 있었던 것
그랬다 하더라도
오랫동안 거기에 살았던 것
있었던 것의 어제와
있어야 했었을 것의 과거와
헐떡이며 언덕을 올라가면
가축 떼 울고
연기 피는 숲속으로 나무들은 몰려갔다
아들아, 네 아들 얼굴과
목소리를 알겠느냐
석유 마신 얼굴
석유 취한 얼굴
씨앗이 새싹조차 잃어버렸나
고성에서 안산 가기
안산에서 고성 오기
그러나 그렇다 치더라도

그러나 그렇다고 하더라도
그랬다 하더라도
만약 그랬어도
비록 그럴지언정
그렇기는 하지만
우리의 모습을 다시 말해주게
새들과 짐승과 들판과 새싹들과
꽃들과 물고기와
그리고 또……

황금 뱀

그 뱀은 황금 뱀이었다
풀숲을 기고
똬리를 틀고
돌 틈에 몸을 사린
그 뱀은 몸뚱이가
온통 황금이었지
뱀의 눈알은 황금 알맹이
뱀의 비늘 또한 황금 편린
땅꾼들이 그 뱀을 찾아다녔다네
풀숲으로 도시로 빌딩 사이로
농부도 어부도 땅꾼이었지
군인도 예술가도 정치가도
학생들도 모두 다
다 같이 땅꾼이었지
그들은 저마다 제가 잡은 황금 뱀을
자식인 양 소중하게 쓰다듬었고
심지어는 가상으로 부화까지 하였다네

심지어는 인공으로 양식까지 하였다네
잠잘 때도 땅꾼들은 그 뱀을 껴안았지
그들을 황금 뱀에 물리지 않았다
땅꾼들과 황금 뱀은 한 몸이었다
농부도 어부도 사라진 곳
학생들도 교사도 사라진 곳
땅꾼들이 어느새 황금 뱀이 되었다네

여기까지 읽고 나서
황금 뱀의 존재를 힐난하는 자가
이 세상 어딘가에 혹시 있다면
그 자가 어쩌면 당신일는지

모래내시장

어느새 당신이 서둘러 오셨군요
모래가 모래 파는 모래내시장
자갈이 자갈 파는 자갈치시장
돌이 돌을 팔고
바위가 바위 파는 석바위시장
이곳이 어디인지 알고 있었나요
이곳이 어디인지 모르고 있었나요
이곳으로 오는 길 사통팔달
넓은 길 트인 길 고속도로
걸어서 허둥지둥 찾아온 당신
숨 가쁘게 달려서 찾아온 당신
당신은 모래
자갈
돌 바위
모래내 자갈치 석바위시장

쌓으며 쌓이며

쌓으며
쌓이며

안으며
안기며

펼치며 퍼지며
맺으며 맺히며

씻고 씻기며
닦고 닦이는

맑고 고요한
당신의 눈물

말없이 울고 간
그 눈물 스며 어린

눈 뜨고 눈 감는
햇볕 별빛 아래

자색 구름

봄철에 이랑 지어
순 넣은 고구마 밭
나이 든 두 형제 고구마를 캤지요

한로 지나 맑은 바람
가을 오후
이랑 덮은 줄기 걷고
한 고랑씩 나눠

나이 든 형제
칠팔십 대 형제

갈무리 결실이야
소슬한 바람

고향은 아스라이 여기서 멀고
자색 구름이 피어올랐지요

여기 동쪽 바다 작은 마을

땅속에 어린 구름
자색 구름
고구마 줄기에 어린 하늘

하늘은 이제 멀고 다시 가까워
자색 줄기에 맺힌 구름

곤충보호법

곤충보호법이 제정되었습니다
더 많은 울타리, 꽃밭을 만들고
살충제 감소 및 빛 공해 퇴치 등을 추구해야 합니다
콘크리트 포장을 규제하고
곤충이 방향감각을 잃어버리지 않도록
야간 조명도 제한해야 합니다
서기 2021년 모월 모일

서기 어느 해 적 어느 달 어느 날
인간보호법이 제정되었습니다
누가 제정하였나요
벌들 나비 잠자리들
메뚜기 딱정벌레 매미 개미들
그토록 급하게 왜 달릴까
아스팔트 콘크리트 포장을 규제하고
사람들이 방향감각을 잃어버리지 않도록
야간 조명도 제한해야 한다고

5부

금잔화 꽃차 한잔

어느 때 나비였고
어느 때 꽃이었나

내가 보는 것
내가 보지 않는 것

햇살은 누구의 것
내일은 또 누구의 것

모르는 꽃은 너무나 많고
모르는 오후 너무 많고

나의 햇빛
나의 어둠
반짝이며 잦아진다

어느 때 나비였고

어느 때 꽃이었나

더 먼 배래에 어선 한 척 떠 있네

만국기

보아라
저기, 갠 하늘 아래
세계의 국기들이 나란히 꽂혀 있다
펄럭이고
펄럭인다
제국의 만국기들

인간은 인간으로 더욱 아득하고
국가는 국가들로 무거운 철벽인데

무슨 축제인가
자유와 평등 평화
이름 붙인 축제인가

오늘 그중 어느 국기
흐린 녹색 바탕에
해 달 형상 어렴프시

같은 깃대 같은 깃봉
같은 높이 같은 크기
구색되어 걸려 있네

몇백만이 굶어 죽는
굶주림 안 그치는
노예와 기근 가뭄 흙먼지 이는 나라

세계는 세계의
그 무엇이라

세계의 국기들이
나란히 꽂혀 있다
펄럭이고
펄럭인다
제국의 만국기들

다시 향로봉

보았을까
바람으로
건조한 공기로
저기 정결하고 맑은 염원
보았을까
정녕 나 한때
본 적은 있었던가
저기 저 둘레
저 언저리

휩쓸려 방향 잃고
피는 초록 못 가꾼
메마른 입술 되어

우울과 탄식조차 잊어버린 시간
눈높이 더 높이
다가오는 곳

가깝고도 아득한
저기 저곳 봉우리

무기들 구축된 저곳 봉우리
무기들 삼엄한 저기 저 진지

우리의 염원으로 새로운 저곳

지하철 열차 나무

혼잡한 지하철 안
환승역에 다다르자 한산해졌다
앞자리 옆자리에 앉은 승객들
저마다 한 그루씩
나무를 껴안았다
승객들은 그 나무를 보지 못했다
정거장이 어디인가
기관사가 운전칸
운전석에서 열차 안을 보고 있나
승객들은 열차에서
내리지 않았다
기관사는 열차를 숲으로 데려갔다

대지와 달빛의 이웃을 위하여

돌 하나를 쥐고 있다
놓일 곳 없는 돌
이 돌에 강이 있고
이 돌에 들판도 있었다
옛날에 있었던 것

많은 것이 울부짖고
낯선 것이 낯설지 않은 날
슬픔에 잠겨 있는 몇 그루의 나무

유리와 강철과, 시멘트와
기계들이, 쇠바퀴가 휩쓸고 지나갔다
돌들이 터지고 모래들이 폭발했다
숫자가 자라나고 숫자가 부서졌다
기억과 망각 사이

인류의 밝은 언덕

그것이 우리의 고향이 되자면
그것이 인류의 터전이 되자면

무정(無情)의 밝은 언덕
유정(有情)의 맑은 언덕
대지와 달빛의 이웃을 위하여

피 흘림 가라앉아 깊이 묻히고
울부짖음 잦아들어 깊이 스미고

경배와 섬김이 한량없을 때
경배와 섬김이 한량없을 때

달빛은 어느 때 우리를 물들였나
과학이 닿지 않던 그때 그 달빛
내가 쥔 돌에
굳어버린 돌에

물결이 흘러 흘러
달빛 어린 천개(天界)가 다시 열릴 때

도장나무 내력

역설과 비유는 이렇게 단순하지
성장의 반대말은 사전에 없어

여기 이곳
시샘하듯
치솟은 증권가 빌딩 앞
버스 정거장

출입구 앞쪽 대리석 테두리
석회석 내면을 품어 안아서
지극히 아름다운 침묵을 지녀
느리게 자라는
키 작은 나무

네모진 화단에 가지런히 심어진
봄 되면 그래도 희미하게 꽃 피는
야트막한 회양목

일명 도장나무

빌딩이 드리우는
깊은 그림자

우리의 귀가는 이리 느리고
내 집 가는 버스는
더디게 온다

무엇이 우리에게 남아 있어서

잎이 피어 잎들
함께 있다

안녕이란 말을 찾아보았다

무엇이 우리에게
남아 있어서

태어난 마을이
저절로 있듯

더불어 새로 핀
잎과 잎들

무엇이 잎들에게
남아 있어서

염원이 피어나는
청명한 허공

폐쇄의 밖

그는 한때 채송화가 되려 했다
그는 한때 초승달이 되려 했다
갱도 속 곡괭이는 혹시 어떨지
그는 언제나
탈옥수가, 탈옥수가 되고 싶지만
그는 한때 얼음 고향이 되어볼까 싶었다
그는 또한 뙤약볕 아래 철길
철길 아래 침목이 되고 싶었다
대장간 모루가 되고 싶었다
시뻘겋게 단 쇠를 올려놓고 두드릴 때
시뻘겋게 단 쇠를 올려놓고 두드리는
사형수에게 주어지는 아침 식단
처형 당일 사형수가 바라는
아침 식단이 되고 싶었다
그는 때로 저녁종이 되려 했다
종소리가 잦아드는
빈 들판 겨울 들판

그리고 이 모두 합쳐지고 공제되는
물심양면
그는 마침내 온몸으로 벽을 뚫어
폐소(閉所)를 벗어났다
폐소를 벗어나서 사방을 살펴보니
여전히 폐소였다
그는 그 자신이 스스로 감옥임을 알지 못했다

배낭

그는 등산복 차림이었다
어두운색 점퍼, 검은 바지, 회색 신발을 신었고
배낭을 메고 있었다

그는 모자를 눌러썼다
마스크로 얼굴을 가리고 고개를 숙인 채
시선을 길바닥에 고정하고
큰 보폭으로 빠르게 걸었다

그가 멘 배낭은 검정색이었던가
겉보기엔 무겁지 않고 가볍게 보였다

그는 대로변 인도를 벗어나
골목으로 접어들어
산 쪽으로 향했다

그가 산 입구에 들어섰을 때

나무들은 그냥 산에 서 있었고
구름은 산 위에 그냥 떠 있었지

그는 배낭을 메고 산에 올라
산에서 다시 내려오지 않았다
나도 멘 그 배낭
그가 메고 산에 오른
우리들 배낭

그림자의 그림자

그림자의 얼굴을 보았다
그림자의 목덜미를 보았다
아니, 보려 한 적 있었다
나는 그림자에게 미안해한 적이 있었다

그림자의 영혼을 보려 한 적 있었다
그림자의 그림자를 보려 한 적이 있었다

어느 날 해거름에
능력 없는 가장으로
빈손으로
얼마간의 원고료를 받지 못한 채
허기진 집으로 다가가던 그 무렵
나와 내 그림자
그림자에게도 그림자가 있으리라 여겼다
그림자에게도 어찌 그림자가 없겠는가
그러니까 나와 그림자로만 국한하지 말기를

그림자에게는 그림자가 있었다

빛을 가려다오
물체가 빛을 가려 그 물체 뒷면에 드리우는 검은 그늘
그것만이 그림자가 아니다
그림자에게는 또 다른 그림자가 딸려 있었다

우리는 누구에게 묻고 있나요

이상한 방들
여기에는 왜 이렇게 많은 나비들이 모여 있는 걸까요
이 방에 말입니다
창문이 닫혀 있습니다
꽃도 없는 곳입니다
꽃뿐만 아니라 꽃 한 송이 피게 할
흙도 없는 이 방에

옆방에는 꽃이 있었습니다
꽃이 많이 있었습니다
꽃은 피었지만
나비 없습니다
나비가 없는 방에 꽃은 왜
이렇게 피었을까요
옆방에도 창문이 닫혀 있습니다

우리는 누구에게 묻고 있나요

여기가 어디냐고 묻고 있나요
여기가 어디냐고 물어 보았나요
멀리서 아파트가 솟아 있습니다

바위들 음악을 함께 들어라

고요한 날개가 머물러 있었다
수천의 하늘이 몸속에서 태어나서
수천의 하늘이 몸속에서 사라졌다
상수리나무야 산벚나무야
박달나무 붉나무가 웃음 지을 때
바위들 음악을 함께 들어라

달빛과 인공위성 불빛 아래

비닐하우스 위에 달빛이 비친다
읍내 쪽 불빛은 멀리에서 깜빡인다
겨울을 앞둔 보름달 달빛이다
달빛 비친 하우스 지붕에
둥근 반원 모양 굴림대 윤곽이
밤인데도 드러나 굴곡을 만들고
음영을 만들었다
추수 끝낸 하우스
딸기와 고추를 재배하던 하우스
이 마을 초기 시절 저기 그 땅에
숨 쉬고 말을 하던 지평선 저기
그곳에 세워진 비닐하우스
지붕 위에 높이 뜬 11월 밤하늘
창밖으로 비치는 보름달 곁
샛별보다 밝은 빛
저것은 인공위성
달과 이웃처럼 가까이 떠서

지상의 밤 시간을 굽어보는데
나도 또한 오늘 밤
이곳 마을 사람들 잠자리처럼
숙면을 꿈꾸건만
반은 깨어 있고 반은 잠들리라
달빛과 인공위성 불빛 아래

세계의 안팎

달 속에 해가

나무 속에 돌이
돌 속에 이슬
이슬 속에 구름
구름 속에 꽃
꽃들 속에 별
별들 속 노래
노래 속 노래

멈추지 말고
다가가 보게
네 숨결
숨결에 어린
세계 속 세계
세계 밖 세계

책임에서 벗어나는
책임 있는 시간
언제나 그 속에
나를 있게 해다오

아니다, 라는 말이 들렸다

무궁화는 무궁화로 핀다
아니다
아니다, 라는 말이 들렸다
무궁화는 무궁화로 피어도
아니다
아니다, 라는 말을 들었다

백합으로 핀다
홍초로 핀다
패랭이로 핀다
해바라기 만병초

무궁화는 무궁화로
오늘도 무궁하게
오래도록 오늘도
무궁화로 피는구나
무궁화는 무궁화로

작살 맞은 고래를 위한 만가

클라상부리로 가요
낯선 방랑자를 이웃처럼 맞아주는 마을입니다
푸른숲 속에 고래들이 살아요
푸른숲을 바다 삼아 헤엄칩니다
고래들은 어미고래 아비고래
그리고 새끼고래
드넓은 푸른숲을 헤엄칩니다
리부라클상으로 가요
둘이 아니라서 혼자서 가요
상처입은 당신이 혼자서 가요
푸른숲에 당신은 배가 되세요
스스로 고래가 되어 보세요
적막한 배 한 척이 되어 보세요
방랑은 구름을 가슴에 안고
상클라부리로 가요
리부라클상으로 가요
방랑자의 노래가 바다가 되는

방랑자의 노래가 푸른 숲이 되는
부라클상리로 가요
클부리상리로 가요
바다이자 숲인 곳 그곳으로 가서
당신의 숨결이 수평선 되는
당신의 숨결이 지평선 되는

사라지는 벌들에게

쇠는 스스로 쇠인 줄 몰랐다
아련하고 어렴풋한 시절
철광석에 어려 있던 땅속 그때
지금은 다만 녹이 스는 세상

쇠는 꽃 피는 세상을 떠올렸지

세상이 생긴 이래
꿈속에서 꽃들은
먼 지평선을 떠올리며
서로를 가르치고 배웠지

쇠가 쇠인 줄 모르던 시절

산과 언덕과 들판들
마치 나무처럼
그곳에 자라던 나무도 나무인 줄 모르듯이

야생화가 피어나던 그때
야생화가 향기롭던 그때
너희들이 떠올리는 먼 지평선

세계와 인간의 자유
― 미지의 독자에게 드리는 편지

육필로 된 당신 편지를 받았습니다. 불과 한 세대 전까지만 해도 우리의 서신은 의당 육필로 이루어졌고 그것이 우리에게 당연한 일이었습니다. 전자메일이 생기고 인터넷이나 휴대전화를 이용해 대화를 나누는 것이 흔해진 오늘, 이른바 손 편지라고도 일컫는 육필 서신 교환이 희소해졌습니다. 일면식이 없는 당신이 저에게 손으로 쓰신 긴 편지로 문학의 의미를 묻고 제가 오랫동안 문학을 놓지 않고 살아온 이유를 물은 것은 저에게도 특별하고 의미 깊은 일이었습니다. 제 시의 독자로서 저와 제 문학에 관심을 기울여주시고 제 시를 오래도록 읽어주신 당신께 깊은 감사를 표합니다.

당신이 저에게 보낸 서신에 담긴 물음은 참으로 깊은 함의를 내포하고 있습니다.

이 쉽지 않은 물음에 답하기 위해 저는 먼저 제가 지속하는 문학이 무엇이고, 시는 또한 무엇인가 하는 것에 대한 해답을 떠올려야 하며, 인간의 생명활동은 무엇이며 인간인 우리는 스스로는 어떤 존재인가 하는 근원적인 해명이 선행되어야겠습니다.

이 물음의 길잡이를 위해 우리는 조금 단순한 구도를 통해 우리 삶을 돌이켜보며, 문학이 어떤 방식으로 우리에게 처음으로 태동되며 그것이 어떻게 사회적 관계 속에 발전되고 진행되고 있는지에 대한 규명이 필요할 듯합니다. 이는 문학이 우리의 삶과 사회적 상황을 필연적으로 반영하고 있다는 전제를 포함하고 있기 때문입니다.

저는 해방이 되던 해에 태어났습니다.

사람이 세상에 태어나는 순간은 누구에게나 아스라하고 명료하지 않습니다. 그러나 그것은 원초적 기억처럼 우리의 의식 속에 어슴푸레한 잔상으로 남아 있습니다. 1945년 음력 5월, 저는 제가 태어나던 그 시각, 미처 뜨지 못한 제 눈꺼풀 사이로 창호지를 통해 비춰들던 낙동강 강마을의 쟁명한 햇살을 무의식처럼 느낍니다.

바야흐로 일제가 단말마적인 몸부림을 치던 시각, 고향과 조국의 산야는 피폐하기 그지없었으나 고향의 정오를 비추는 햇살은 눈부시었을 것입니다. 그래서 그런지 저는 지금도 남달리 광명에 원초적 친화를 느낍니다.

일제로부터 해방은 우리에게 비길 데 없는 기쁨을 주었지만 그것은 짧은 순간에 불과했고 곧이어 닥친 동족상잔 6·25는 우리에게 지울 수 없는 상흔을 남겼습니다. 유년시절, 무더운 여름날 시뻘건 불덩어리가 낙동강을 사이에 두고 비 오듯이 쏟아져 내리던 전란의 시간! 탱크가 부서지고, 학교가 불타고…. 피 묻은 고향 사람들 얼굴이 겹쳐집니다. 등불조차 밝힐 수 없는 암흑의 밤에 낙동강 밤하늘을 물들이던 포화의 잔영들! 저에겐 이 같은 기억이 뇌리 속에 깊은 흔적으로 남아 있습니다.

그 전란의 시간 동안 진보적 입장에 서 있었던 아버지와, 월북으로 이어진 외갓집의 사상적 편향으로 부모님은 조모님을 모시고 서울로 가셨고 저는 홀로 고향에 남겨졌습니다.

한 인간에게 원초적 기억이 새겨지는, 우리에게 그 어떤 시기보다 소중한 어린 시절 저는 비록 전쟁의 상흔이 지워지지 않았지만 아직은 자연의 원형이 훼손되지 않았던 고향의 풍정 속에서 여인들의 눈물과 노랫소리를 듣곤 했습니다.

제 고향 안동에는 삼이 잘 자랐고, 제 고향 여인네들은 낙동강 상류의 비옥한 땅에서 자란 삼으로 '안동포'라는 삼베를 짜곤 했습니다. 어린 시절 저는 안동포를 짜는 여인네들의 한스러운 노랫가락을 익혔습니다. 전쟁으로 홀로된 여인들의 노래였지요. 그리고 저는 노래란 진실하고 참말인 것을 알았습니다.

제가 소년이 막 되었을 적 우리 가족은 고향을 떠나 충북

제천으로 이사를 갔습니다. 누대에 걸친 세거지인 고향을 두고 부모님을 따라 객지인 충청도로 옮겨 간 생활은 궁핍했습니다.

소년시절 제가 살았던 그곳은 철도의 요충지로 광산이 있는 강원도로 통하는 길목이었습니다. 당시, 그곳에서 저는 농촌공동체가 붕괴되고 태풍과 가뭄 같은 자연재해로 1차 산업이 무너지면서 농촌경제가 황폐화되었을 때 살길을 찾아 광산으로 이입됐던 기층민들의 모습을 자주 보았습니다. 안전이 소홀히 여겨지는 광산에서 흔히 일어나는 낙반 사고는 그들의 생명을 쉽게 앗아갔고 그들을 불구로 만들거나 탄가루로 인한 폐질에 시달리게 했습니다. 저는 소년시절 그들이 겪는 가난과 고통을 광산지대의 중심지인 제천에서 목격하며 인간의 불행을 이해하려 했습니다.

분단시대의 젊은이로서 군에 징집된 저는 폭력과 수직적 질서가 횡행하던 군역의 시간 동안 우리 가족과 외갓집의 행적을 통해 민족분단의 의미와 아픔을 더욱 실감하며 인권과 자유가 심대하게 제한받는, 우리가 봉착한 정치적 질곡을 떠올려야 했었지요.

저와 한 차례도 만난 적이 없는 당신이 저에게 묻는 질문은 저 자신만이 아니라 저를 포함한 문학을 하는 우리 모두에게 적용되는 질문이었습니다. 당신의 질문에는 우리가 무엇을 써야 하고 시의 지향은 과연 어떠한가 하는 물음이 담겼습니다. 거기에 덧붙여 당신은 우리가 몸담고 있는 세계에 대한 질문을 함께 하고 있었습니다.

이는 준엄한 질문이었습니다. 이 물음은 지금껏 시를 써온 우리로 하여금 우리의 삶과 우리의 문학을 다시금 되돌아보게 하며 우리의 존재를 새롭게 성찰하게 하는 질문이었습니다.

우리는 과연 무엇을 써왔을까요? 시가 우리에게 최초로 다가왔을 때는 언제였으며, 우리는 그것을 어떻게 맞아들였던가요. 그리움, 고독, 생명에 대한 사춘기의 아련한 의문이 우리로 하여금 처음 시를 쓰게 하였을까요?

다시 한번, 시란 무엇이고 시인이란 무엇입니까?

당신은 제 근황을 묻고 문학의 이상과 실천의 관계를 또 질문했습니다. 전 지구를 회저(壞疽)에 몰아넣은, 인간과 인간의 단절을 요구하는 코로나 팬데믹 시절에 우리는 누구와 어떤 방식으로 소통하고 문학적 실천을 실행해야 할까요?

당신은 저에게 당신의 의견을 피력하셨습니다. "시적인 삶의 일상은 항상 비세속적인 것으로 의심됩니다. 그것은 도피와 방종적인 고립처럼 들립니다."

저는 당신께 말했습니다. 시라는 문학형식의 본질과, 언어를 통한 독자와의 관계를 형성하여 시인은 정체성을 확

보하는 것이며 그것이 시대와 현실에 대응하는 것이라고 설명했습니다.

그러나 그것은 이 야만적인 신자유주의 시대의 허약한 수사이며 시인인 우리를 부끄럽게 하는 이유이기도 합니다.

3년 전 저는 서울과 수도권이라는 환경에서 긴 시간을 살다가 강원도 동북단 한 읍내로 이사를 했습니다. 감사한 연이 닿아 삶을 옮긴 곳에 바다가 가까이 있고 대간 연봉들이 눈앞에 다가서는 아름다운 곳이며 남천(南川)과 북천(北川)이란 두 냇물이 작은 읍내를 안아 흐르는 마을입니다.

이 모습이 제가 태어나 어린 시절을 보낸 고장과도 흡사하여 저에게 한순간 마음의 위안을 가져다주었습니다. 그러나 자연의 은혜가 넉넉하고 풍정이 아름다운 곳에서도 우리는 이 지구의 구성원인 이상 전 지구를 지배하는 자본의 논리를 벗어날 수 없으며, 지구의 어느 한곳으로부터 무고한 인민들이 살상되는 전쟁의 아픈 소식도 듣습니다. 아울러 정권이 교체되는 대선 과정을 거쳐 우리의 삶을 규정하는 이 땅의 국가권력체계가 대의제의 명분 아래 독단적 과두제로 바뀜을 경험하게 됩니다.

우리는 우리가 숨 쉬는 세계를 어떻게 인식하고 있었나요. 우리는 우리의 시를 그 어떤 세계에 머물게 했을까요? 지난날 우리는 우리의 시를 한정된 공간 안에 가두어 두었

습니다. 그러나 우리는 우리의 존재가 비록 독립된 개체일
망정 촘촘한 사회적 세계적 구조 속에 연관되어 있는 것을
알게 됩니다. 지구의 먼 한쪽에서 발생한 바이러스가 어느
새 전 지구로 확산되어 세계 전체를 환란에 빠지게 만들고
아득한 극지방 빙하가 녹아 우리가 사는 곳의 기후를 바꾸
며 재앙에 이르게 하는 것은 이를 증명하는 명확한 증거입
니다.

지금 이 세계는 자본주의 폭주, 과잉 산업발전과 소비주
의의 연쇄에 휩싸여 이윤과 성장을 추구하는 데 혈안이 되
었습니다. 인간과 자연의 관계는 단절되고, 무절제와 탐욕
이 온 세상을 압도하고 있습니다. 이를 부추기는 신자유주
의의 끝없는 확산은 우리의 영혼을 파멸에 이르게 하고 있
습니다.

그러나 세계는 우리가 일상으로, 경험으로 파악하는 이
런 한정된 영역만은 아닐 것입니다.

세계는 경험이 제공하지 않는 초감성적 영역조차 포함
하는 공간이며, 우리 생명의 유래와 귀속, 선험으로 주어
진 시간과 공간을 장악하는 또 다른 영역 또한 그것이며,
우리가 일상적 삶을 유지하면서도 언제나 버리지 않고 의
식하고 탐구하는 바가 또 다른 세계라고 할 수 있을 것입
니다.

그리하여 우리는 인간을 포함한 삼라만상을 규정하고

포용하는 범세계에 대한 사색과 더불어 그를 넘어서는 지혜를 갈망하고 있습니다.

오늘날 우리는 과학이 지배하는 세계에 살고 있습니다. 자본주의의 가치를 위한 도구적 이성으로서의 과학기술에 대한 맹신이 우리의 일상을 지배하고, 이는 지구를 넘어 먼 우주에까지 치닫고 있습니다. 그러나 이것은 위험한 맹신이며 인간과 우주 만물에 크나큰 문제를 불러올 수 있는 생각입니다.

우리가 정녕 시인일진대 우리는 과학의 만능을 신뢰해야 할까요?

과학은 고정된 것만 실체로 인정합니다. 그리고 무(無)를 알려 하지 않는 게 과학이라 할 것입니다. 그렇지만 시는 과학과는 달리 보이지 않는 '비실체'를 추구하는 것이며 이를 통해 우리의 영혼이 풍요해지고 우리에게 더 드높은 영성을 함양하게 해줍니다. 저에게는 주관과 객관, 현실과 환상의 경계를 지우는 과학기술에 대한 불안이 있습니다.

지금 지구촌을 피비린내로 진동케 하는 러시아와 우크라이나의 전쟁도 그 밑바탕에는 무서운 팽창주의가 깔려 있으며 자본과 신자유주의의 마수와 같이 과학에 대한 맹신도 도사리고 있습니다.

미지의 독자이신 당신과 저는 언제까지 이런 비극을 목격해야 할까요? 우리의 삶은 유한하고 누리의 파멸은 지속

되고 있습니다.

세계가 만물의 혼돈과 뒤엉킴의 형태이며 현상이라고 할 때, 세계 속에 실존하고 호흡하는 우리는 유한한 삶을 살아가는 운명이어도 올바른 삶을 희구하며 고뇌하는 자들입니다.

저는 최근 몇 곳의 시 전문지로부터 몇 편의 시들을 청탁받았습니다.

시가 비록 외면받고 읽는 이가 드문 문학형식이 되어가고 있지만 저는 감사한 마음으로 청탁에 응해 마음을 가다듬어 시를 쓰고 발표했습니다. 최근 우리가 목격하는 전쟁과 팬데믹이 모티브가 되었을까요. 저는 지하철 4호선을 타고 지나치는 '국립묘지'를 보고 국가와 민족이라는 거대한 담론을 떠올리며 무엇이 인간을 구속하고 자유롭게 하는가를 사색해보았습니다.

그러고는 더 근원적으로 병들어가는 지구를 떠올리며 이에 대한 한 상징인 사라지는 벌들과 절멸되는 고래들, 먼 우주를 밝히는 별들의 고독과 바위들의 적막을 시화해보았습니다. 그리고 누리에 피어나는 꽃들과 열매들의 한없는 헌신을 노래하려 했습니다.

유정과 무정으로 이루어진 한없는 대상이 하나의 세계에 포함되어 있으며 그 속의 한 개체인 우리 인간 자체만의 자유뿐만 아니라 이들의 안녕을 꿈꾼다는 것!

보이는 것, 보이지 않는 것, 만질 수 있는 것, 만질 수 없는 것, 감각적인 경험에 대한 개방과 같은 것을 찾기 위해, 그뿐만 아니라 이 산, 이 돌, 이 길에 있는 무형의 것들에 대한 화평을 꿈꾼다는 것!

우리는 어떤 추상적 개념을 단순하게 정의하고 피력할 순 없습니다. 그럼에도 불구하고 세계를 자신의 울안에 가두지 않고 닫힌 문을 열고 세계를 바라보고 이해하는 것! 그것은 부박한 이 현실에서 소중한 아름다움이 아닐까요.

지금 제가 살고 있는 곳에서 눈을 들면 백두대간의 늠연한 봉우리가 다가서고 있습니다. 지금은 민족분단으로 왕래조차 하지 못할 대간의 연봉들입니다. 그중 저의 눈에 들어오는 한 봉우리, '향로봉'이 있습니다. 어느 때였을까요? 거대한 향로를 닮은 그 봉우리는, 옛 선인들이 향로봉이라 이름 지어 지금껏 불러왔고 우리가 또 그렇게 부르는 그 봉우리는, 제가 강원도 동북단 한 읍내로 거처를 옮겨온 이래 제가 쓰는 시의 한 상징으로 다가서고 있습니다. "높고/밝고 뚜렷한 곳/그러나 떨어져/아득한 저곳/우리가 스스로/다가서는 곳" 정결한 우리의 기원을 담아 사르워 피우는 우리의 염원처럼 저는 그를 통해 세계와 인간의 자유를 동경합니다.

한 차례도 뵌 적이 없는 당신의 편지를 받고 저는 마지막으로 횔덜린이 우리에게 시에 대해 일러준 아포리즘 한 구절을 상기합니다.

— 사랑이 이 세계를 낳았고, 우정이 이 세계를 다시 탄생시킵니다.
과거의 어두움과, 미래의 미로에서, 무덤들 속에서 아니면 별들 너머에서 그 무엇을 찾고 있는 그대들이여! 그대들은 그 이름을 아는가? 하나이자 모두인 것의 이름을? 그 이름은 바로 아름다움이다. —

당신과 저 사이에는 편지를 통해 마음을 이어보며 문학과 시에 대한 공통의 깊은 유대가 작용하고 있습니다. 지금 이곳 제가 살고 있는 동호 들녘에 가을빛이 물듭니다. 농부들의 애씀이 짙게 물드는 들판을 보며 우리 세상에 더 나은 터전이 이룩되길 기원하며 들에 핀 한 송이 야생화가 우리의 오래된 괴로움을 용서하듯 제 시도 한층 더 깊고 맑아지길 바라며, 당신께도 이 가을 청명한 햇살과 맑고 밝은 기운이 가득 차 넘치시길 기원하겠습니다.

후기

언제나 시에 대한 언어는 무겁고 삐걱거린다.

언어의 한계는 상상의 한계와 대등하다. 새로운 언어의 창의적인 단어로 세계의 경계를 넓힐 준비가 되어 있었는지.

미지의 존재가 당신을 맞이하고 당신에게 인사한다. 이제 당신이 인사를 돌려줘야 한다.

전설과 동화의 세계에서 온 섬세하고 우아한 자연의 정령들!

누가 있어 이 정령을 불러내는가. 세계는 불타고 우리는 지워진다. 정령만이 정령을 불러낸다 하겠는가.

시를 옹호하고, 파괴되고 황폐한 세상이 참된 화엄세계로 회생되길 꿈꾸셨던 김종철 선생님의 유지 어린 녹색평론사에서 새 시집을 내게 되어 감회가 새롭다. 김정현 선생님께 감사드린다.

2022년 한가을
금강산 향로봉 아래에서
김명수

추천의 말

자격 없는 사람이 몇 마디 말을 보태려고 하니 몹시 부끄럽습니다. 그럼에도 터무니없는 용기를 내어본 까닭은, 불의와 부조리로 가득한 오늘의 세상에서 인간적 품위를 지키며 살아가기 위해 매일같이 고투하면서, 시집을 손에 들 여유 같은 것은 없다고 느끼는 분들에게 저희 편집실이 이책을 만들면서 경험한 내면적 평화에 대해서 말씀드리고 싶다는 주제넘은 생각이 들었기 때문입니다.

과학적 지식이나 객관적 정보가 현대세계에서는 하나의 상품이 아니라면 한낱 조롱거리가 되어 있는 것처럼 보입니다. 진리를 추구한다고 하는 학문이 금력이나 정치권력의 필요에 따라서 얼마든지 왜곡될 수 있다는 사실(4대강 사업이나 전 세계에서 원자력산업이 추진, 옹호되어온 과정이 비근한 예일 것입니다)은 차치한다고 하더라도, '과학적 사실'들은 지금 심지어 국가공동체의 미래를 설계한다는 정치적 결정과정에도 사실상 미미한 영향밖에 미치지 못하고 있습니다 — 화석연료에 토대를 두고 있는 성장경제, 즉 끝없는 생산과 소비라는 단 하나의 규칙밖에 없는 산업문명은 지구생태계의 한계로 인하여 출발부터 시한부의 운명이었지만, 이 세계가 무너지면서 일어날(일어나고 있는) 재

양적 상황을 조금이라도 완화하기 위해서 하루속히 '지구 타이타닉호'의 경로를 바꾸어야 한다고, 모든 과학적 연구가 한목소리로 경고하고 있는데도 불구하고 세계 어디에서도 본질적으로 유의미한 정치적 결단이나 변화를 찾아볼 수 없습니다.

지구가 불타고 있다는 사실을 더 널리 알리고자 하는 노력은 물론 중요합니다. 그러나 그것만으로 이 시대에 필요한 '혁명'을 가져올 수는 없다는 것도 점점 분명해지고 있습니다. 아니, 과잉의 정보는 오히려 인류사회가 전대미문의 실존적 위기를 헤쳐나가는 과업의 밑천이 되기는커녕, 시급히 필요한 조처와 행동을 더욱 난망케 하는 역효과를 초래하고 있는 것은 아닐까 하는 의구심마저 듭니다. 말 그대로 '비상상황'이 수십년씩 장기적으로 지속되면서 무력감과 두려움, 체념이 우리 마음 깊은 곳에 확실하게 뿌리를 내린 것 같기 때문입니다. 자연세계의 붕괴와 함께 필연적으로 피폐해진 사람들의 내면에는 자기 자신과 이웃을 향한 원망과 적개심이 가득 들어차 있습니다. 그리고 그 결과로 온갖 형태의 폭력(개인적, 사회적 차원의)과 광란의 소비주의가 마치 시대의 특징인 양 만연하게 되었습니다.

20세기의 뛰어난 시인이자 트라피스트 수도승이었던 토머스 머튼은 시인(詩人)이란 "열매가 맺은 다음에 꽃이 피기를 기대하지 않고, 먼저 꽃이 핀 뒤에 열매가 맺기를 기다리는 사람"이라고 보았습니다. 모든 게 거꾸로 가는 세상에서 너무나 당연한 삶의 이치를 이야기하는 것이 시인이라는 말입니다. 우리 인간이 사회의 일부일 뿐만 아니라 자연과 우주의 일부이며, 우주의 모든 존재는 상호의존의 빈틈없는 관계를 맺고 조화와 균형 속에 하나로 이어져 있다는 관점은, 아마도 시적 은유의 근거이며 시적 감수성의 본질일 것입니다. 시의 언어는 이 세계를 살아있는 생명과 정령들의 공간으로 파악하는 애니미즘에 뿌리를 두고 있습니다. 그러므로 이 시대에 좋은 시가 무엇보다 우선해서 해야 할 일은 사라져간 마을의 신(神)들에 대해서 이야기하고, 하나의 생명체로서 인간이 누릴 수 있는 참다운 행복이 무엇인가에 대해서 끈질기게 묻는 것이 아닐까요.

혁명은 사람들이 확신을 갖는 것만으로는 결코 시작되지 않습니다. 마음이 움직여야 합니다. 지상의 목숨붙이들이 말할 수 없는 모욕과 고통을 겪고 있다는 것을 우리가 머리로는 알아도 정말로 자기 자신의 아픔으로 느끼지 못한다면 용기와 희생이 필요한 혁명적 전환이 이루어질 리 없습니다. 우리의 심장을 뛰게 하고, 자연스러운 인간적 충동을 일으키는 예술은, 따라서 혁명을 가능하게 하는 필수적 요소라고 보아야 할 것입니다. 그렇다면 '합리적인' 산문의 언어로는 가능하지 않은 우리 내면의 비약을 시의 언어는 성취해줄 수 있을까요? 시는 우리가 불편함을 감수

하면서도 생각하고 느끼도록 부추깁니다. 진실로 아름다운 것과 속악한 것을 직관적으로 구별할 수 있게 해주고, 선과 악의 본질적인 차이를 알게 도와줍니다. 그래서 시가 역사의 주변부로 밀려나고 하찮은 취미생활로 강등되었을 때, 인간은 꿈꾸는 법을 잃어버리게 되고 변혁의 가능성은 한없이 줄어드는 것입니다.

이 시집에 담긴 77편의 시들은 절대적인 삶에 대한 긍정과 우주적 존재로서의 인간에 대한 깊은 이해 속에서 모든 소박한 삶의 근원적인 존엄성과 아름다움을 노래하고 있습니다. 시인은 근본적으로 겸허한 태도와 감수성이 묻어나는 담박한 언어로 원초적 조화의 삶에 대해서, 인간이 아득한 옛적부터 자연의 품속에서 누려온 본래적 삶의 방식에 대해서 부단히 환기하고 있습니다. 마치 우리 모두의 내면에 있는 시인을 불러내려고 하는 것 같습니다.

2022년 10월
김정현(《녹색평론》 발행인)

녹평시선 01

77편, 이 시들은

김명수 시집

초판 제1쇄 발행 2022년 11월 7일

저자 김명수
디자인 이민영
발행처 녹색평론사

주소 서울시 종로구 돈화문로 94 동원빌딩 501호
전화 02-738-0663, 0666
팩스 02-737-6168
웹사이트 www.greenreview.co.kr
이메일 editor@greenreview.co.kr
출판등록 1991년 9월 17일 제6-36호

ISBN 978-89-90274-92-2 03810

값 13,000원